LETTRE

A LA

NATION ANGLAISE,

SUR L'UNION DES PEUPLES ET LA CIVILISATION COMPARÉE;

SUR L'INSTRUMENT ÉCONOMIQUE DU TEMS, APPELÉ

BIOMÈTRE, OU MONTRE MORALE;

SUIVIE DE

QUELQUES POÉSIES,

ET D'UN

DISCOURS EN VERS

SUR LES PRINCIPAUX SAVANS, LITTÉRATEURS, POËTES ET ARTISTES,
QU'A PRODUITS LA GRANDE-BRETAGNE;

PAR

MARC-ANTOINE JULLIEN, DE PARIS,

Chevalier de la Légion-d'Honneur,

AUTEUR DE L'*Essai sur l'Emploi du Tems*, ET DU *Biomètre, ou
Montre Morale*.

- - - - - - - - -

LONDRES:

BOSSANGE, BARTHÈS ET LOWELL,
14, GREAT MARLBOROUGH STREET, OXFORD STREET,
———
15 *Septembre*, 1833.

OUVRAGES

DE

M. MARC ANTOINE JULLIEN, DE PARIS.

ESSAI GÉNÉRAL D'EDUCATION, *physique, morale et intellectuelle*, suivi d'un *plan d'Éducation pratique et de vingt-deux Tableaux analytiques*, 1 vol. in 4to. Firmin Didot, Paris, 1808.
   La première Edition est épuisée ; on en prépare une seconde.

ESSAI SUR L'EMPLOI DU TEMS, *ou Méthode qui a pour objet de bien régler sa Vie*, 4ème Edition, Paris, 1829, Dondey Dupré, 1 vol. in 8vo. avec deux gravures.
   Cet ouvrage a été traduit et publié dans presque toutes les langues de l'Europe ; Le conseil royal de l'instruction publique, en France, sous la présidence successive, d'abord de FOURCROY ; puis, de FONTANES ; puis, de M. de MONTALIVET, a fait comprendre ce livre parmi ceux qui doivent composer les bibliothèques des collèges et être donnés en prix.

AGENDA GÉNÉRAL, *ou Livret pratique d'Emploi du Tems*, devant servir de complément au BIOMÈTRE, 4ème Edition, Paris, 1824.

ESPRIT DE LA MÉTHODE D'EDUCATION DE PESTALOZZI, Milan, 1813, 2 vols. in 8vo.

ESQUISSE d'un Travail, *et Série de Questions sur l'Education comparée*, Paris, 1817.

RAPPORT *sur la Formation de Bibliothèques populaires*, fait à la *Société d'Education de Paris*, en 1818, in 8vo. Louis Colas, libraire.

PRÉCIS *sur les Instituts d'Education et d'Agriculture d'Hofwil*, près Berne, en Suisse, fondés par M. de FELLENBERG, in 8vo.

NOTICE BIOGRAPHIQUE SUR KOSCIUSZKO, ornée de son Portrait, Paris, 1818, in 8vo.
   Cet ouvrage a été traduit et publié en Allemand : les deux éditions sont épuisées ; on en prépare une nouvelle.

ESQUISSE d'un Essai sur la Philosophie des Sciences, *avec un nouveau Tableau synoptique des Connaissances Humaines*, Paris, 1818.
   Mêmes observations que pour l'ouvrage qui précède.

LA FRANCE EN 1825, *ou mes Regrets et mes Espérances*, Discours en Vers, suivi d'un *Recueil de Poésies ;* 2ème Edition, Paris, 1825, Renouard, in 8vo.

LE BON SENS NATIONAL ! *Etat de la Question du Moment ;* 6 Août, 1830, Paris, in 8vo. Sédillot, libraire.

DIRECTIONS *pour la Conscience d'un Electeur*, 2ème Edition, Paris, 1830, in 8vo. Sédillot.

POÉSIES POLITIQUES, Paris, 1831, in 8vo. Sédillot, éditeur des *Tables décennales de la* Revue Encyclopédique.

On peut mentionner ici, *pour Mémoire*, plus de 300 *Notices, Mémoires, Analyses ou Annonces raisonnées d'Ouvrages*, et *Articles*, tant en Prose qu'en Vers, par M. Jullien, de Paris, contenus dans les *cinquante premiers volumes* de la RÉVUE ENCYCLOPÉDIQUE, de 1819 à 1831, et dans plusieurs autres ouvrages périodiques.

LETTRE

À LA NATION ANGLAISE,

Contenant : 1°. L'Exposé sommaire du *Plan* et du *But* d'une REVUE COSMOPOLITE, ou *Comparative de l'Angleterre, de la France, et des autres Pays* ;

2°. La description d'une MONTRE MORALE, ou BIOMÈTRE, instrument-livret, dont la première idée a été puisée dans le *Novum Organum* de BACON ;

Et suivie de quelques POÉSIES, sur la *Révolution Française et sur Napoléon* ; sur la mer, et les bâteaux à vapeur ; *sur la Pologne ;* et d'un DISCOURS EN VERS *sur les principaux écrivains, savans, littérateurs, poëtes et artistes, qu'a produits l'Angleterre,* et sur le caractère distinctif du génie de Lord BYRON ;

PAR M. MARC ANTOINE JULLIEN, DE PARIS,

Chevalier de la Légion d'Honneur,

Fondateur de la REVUE ENCYCLOPÉDIQUE.

———

GÉNÉREUSE NATION ANGLAISE,

Qu'il soit permis à un Français qui, dès sa première jeunesse, avant sa dix-huitième année (en 1792), fit un premier voyage sur cette terre classique de la liberté, et y fut accueilli avec bienveillance par l'un des plus illustres chefs de l'opposition, Lord STANHOPE, et par un célèbre et modeste savant, le Dr. PRIESTLEY, ami de Franklin, de Washington et de Jefferson ; qui, depuis, a visité une seconde fois, (en 1822), votre grande capitale, vos principales villes commerçantes et industrielles, et

1*

votre Écosse, à la fois si belle par sa nature romantique
et pittoresque, si digne de l'attention du voyageur ami
des hommes, par l'état avancé de son agriculture et de
son instruction primaire et publique ; qui, pendant plus
de douze années d'une vie très-laborieuse, éprouvée par
de cruelles vicissitudes, a consacré tout son tems, toutes
ses facultés et une partie de sa fortune à faire mieux connaître, sous les rapports de la littérature et des sciences,
la France à l'Angleterre, et réciproquement l'Angleterre
à la France, dans un Recueil (la REVUE ENCYCLOPÉ-
DIQUE) qu'il avait fondé, en 1819, avec le concours et
la collaboration de plusieurs savans, publicistes, littérateurs
et poëtes, Français et Anglais, et de quelques autres pays,
membres distingués de la famille humaine, qui, appelés
à servir de lien entre les nations, faisaient oublier, dans
leurs relations périodiques et dans leurs communications
livrées à la publicité, que d'anciennes haines, dites nationales, habilement exploitées au profit de quelques ambitions égoïstes et criminelles, avaient divisé deux grands
peuples, faits pour s'apprécier, pour s'estimer, pour s'é-
clairer mutuellement : qu'il soit permis, dis-je, à ce
Français, qui n'est point un étranger parmi vous, de vous
offrir à la fois le tribut de sa haute et sincère admiration,
et de celle de ses compatriotes, pour les nobles exemples
que vous avez donnés à l'univers, et pour ceux de vos
concitoyens, hommes de vertu et de génie, représentans
naturels et légitimes du génie et du caractère de leur nation, qui ont rendu à l'humanité entière de si importans
services ! Qu'il lui soit permis d'exprimer ce vœu, commun à l'immense majorité de ses concitoyens, qu'une
longue et indestructible paix soit religieusement main-
tenue entre les deux nations qui peuvent, par leur union,
consolider la tranquillité du monde, et par des travaux
communs, sagement dirigés, étendre encore les con-

quêtes de l'homme sur la nature et ajouter aux bienfaits de la civilisation.

Sans doute, je n'aurais aucun droit d'élever ma voix individuelle et isolée, pour vous manifester la sympathie, les sentimens et les vœux de la France, si je devais me borner à l'expression franche et honorable, mais stérile, de ces sentimens, de ces vœux et de cette sympathie. Mais, en lisant les lignes qui vont suivre, vous jugerez si l'hommage que j'ai besoin de vous offrir n'est pas indigne de vous, et si même l'entreprise d'avenir et de bien public, que je place sous vos auspices, que je confie, avec une douce espérance de succès, à votre patriotisme, à votre esprit de justice, à vos lumières, n'est pas de nature à devenir féconde et à produire des résultats, également avantageux pour nos deux pays, long-tems rivaux, désormais étroitement unis par les liens d'une véritable confraternité.

C'est à votre BACON, justement surnommé le père de la philosophie moderne, qu'a été due la première inspiration qui a donné naissance à la *Revue Encyclopédique ;* et c'est lui encore qui m'a suggéré la pensée d'une REVUE COSMOPOLITE, *ou comparative de la Grande-Bretagne et de la France, et des autres pays considérés dans leurs rapports avec ces deux peuples,* ou TABLEAU STATISTIQUE ET PROGRESSIF DU MONDE CIVILISÉ.

Les mêmes écrivains, qui, pendant près de quatorze années, avaient réuni leurs efforts pour traiter ensemble des intérêts de la littérature et des sciences, et pour présenter un miroir fidèle où venaient se réfléchir les produits et les progrès les plus remarquables de l'esprit humain dans tous les genres, vont resserrer les liens de la sainte ligue qu'ils avaient formée, en s'associant d'autres collaborateurs, nombreux et choisis, pour rédiger un nouveau recueil, destiné à traiter des intérêts positifs, agricoles, industriels, commerciaux, économiques, moraux et sociaux, scientifiques et littéraires, des nations, à les faire mieux connaître les unes aux autres, à les éclairer mutuellement sur leurs besoins communs, à les rapprocher et à les comparer, afin qu'une généreuse émulation et une production abondante d'œuvres utiles puissent résulter de ce rapprochement et de cette comparaison.

Notre illustre et savant CUVIER, dont la perte récente n'a pas été moins vivement sentie en Angleterre qu'en France, avait bien jugé, dans ses hautes méditations, que *l'anatomie comparée, la géologie comparée* pouvaient seules faire avancer l'anatomie et la géologie, restées longtems dans l'enfance. De même, la *civilisation comparée* peut seule faire avancer rapidement notre civilisation actuelle, qui conserve encore, malgré son brillant vernis et ses imposantes merveilles, des traces profondes et affligeantes de l'ancienne barbarie.

Cette union intime des nations et l'étude mieux approfondie, et généralement répandue et popularisée, de leurs besoins, de leurs intérêts, de leurs ressources, de leur situation, de leurs travaux, des échanges qu'elles peuvent faire entre elles, devront imprimer un mouvement plus sûr, plus accéléré, et une meilleure direction aux travaux intellectuels et industriels, une plus grande activité à tous les esprits cultivés ; et il en résultera nécessairement un accroissement plus rapide des progrès sociaux.

La *politique*, ses théories et les passions qu'elle engendre ont trop souvent divisé les hommes et ensanglanté la terre. La *statistique* et les faits positifs, bien observés, bien choisis, bien constatés, qu'elle peut et doit recueillir et mettre en œuvre, *l'industrie*, mère féconde des richesses, et le *commerce*, qui les transporte d'un pays dans un autre et qui les répand sur tous les points du globe, sont destinés à les rapprocher.

Il s'agit donc d'organiser un *journal* mensuel *de faits* im-

portans et instructifs qui puissent identifier en quelque
sorte les différentes contrées par une instruction commune et mutuelle, appliquée à ce qui les intéresse le plus
directement, et surtout L'ANGLETERRE et LA FRANCE, ces
deux nations modèles en Europe, qui doivent marcher de
concert à la tête de la civilisation et consolider la paix du
monde, première condition nécessaire de toute espèce de
progrès.

Je placerai ici *l'exposé sommaire du plan et des divisions du nouveau Recueil*, dont j'espère que l'utilité et
l'importance ne seront point contestées par les hommes
de bon-sens, généreux et éclairés, qui aiment à méditer
sur les grands intérêts de l'humanité.

***

PLAN ET DIVISIONS

DE LA

REVUE COSMOPOLITE,

ET COMPARATIVE DES NATIONS.

La *Revue Cosmopolite et Comparative* comprendra
TROIS PARTIES *principales,* susceptibles d'être elles-
mêmes subdivisées, à mesure que l'exigeront la nature et
la variété des matières qui seront traitées.

1ère partie.—MÉMOIRES et NOTICES *d'une certaine
étendue.*

2de partie. — ANALYSES et ANNONCES RAISONNÉES
d'ouvrages nouveaux et choisis.

3ème partie.—CORRESPONDANCE ET MÉLANGES.

Ces trois parties contiendront des FAITS et des REN-
SEIGNEMENS relatifs aux objets suivans, considérés suc-
cessivement dans les différens pays:

1. Mouvement de la POPULATION. SALUBRITÉ PUBLI-

QUE; travaux des Conseils de salubrité, ou des Commissions sanitaires.

2. TRAVAUX PUBLICS, surtout ceux qui ont pour objet les communications, les routes, les chemins vicinaux, les chemins de fer, les télégraphes, les canaux, la navigation fluviale, les navires et les bâteaux à vapeur, et les machines locomotrices à la vapeur, les gares et les ports de commerce, et MARINE.

3. AGRICULTURE et ses progrès; défrichemens et dessèchemens; fermes-modèles et colonies agricoles; divers modes et procédés de culture perfectionnée; amélioration des races d'animaux; aménagement des forêts et reboisement des terreins stériles; travaux annuels des sociétés d'agriculture, &c.

4. Exploitation des MINES, des SALINES, et des autres richesses du sol.

5. INDUSTRIE: manufactures et leurs progrès; entreprises industrielles d'un grand intérêt, local ou général.

6. COMMERCE national de chaque pays, intérieur et extérieur; productions de chaque partie du territoire dans un État, et de chaque nation, qui peuvent entrer dans la consommation générale, de manière que, les ressources et les besoins spéciaux des différentes localités étant mis en présence, on puisse mieux apprécier les moyens d'échanges qui existent entre elles.

7. COLONIES; Régime colonial et moyens de l'améliorer, dans l'intérêt commun des colonies et de leurs métropoles.

8. ADMINISTRATION PUBLIQUE; affaires administratives, en tant qu'elles concernent le bien-être et l'amélioration du pays, les travaux d'utilité publique, la nature, la répartition et l'emploi des impositions locales.

9. HOPITAUX et HOSPICES: établissemens d'enfans-trouvés et d'orphelins, de sourds-muets, d'aveugles, d'a-

liénés, de malades, d'infirmes, de vieillards des deux sexes, et généralement institutions de charité, de bienfaisance et de secours publics.

10. Tribunaux; maisons de justice, de travail, de mendicité, de correction; prisons pour crimes, pour simples délits, pour dettes; *statistique judiciaire* et *statistique morale*.

11. Eglises et Sectes; cultes considérés dans leurs relations avec l'État et avec les citoyens.

12. Education et Instruction: enseignement élémentaire et instruction publique; écoles primaires et publiques de divers degrés; application des nouvelles méthodes d'enseignement; écoles normales, pour former des instituteurs et des institutrices; écoles d'industrie et de commerce; établissemens d'instruction spéciale, d'arts et métiers.

13. Bibliothèques publiques, musées, collections d'histoire naturelle: établissemens scientifiques; académies, et sociétés savantes et littéraires.

14. Antiquités nationales et monumens publics.

15. Inventions, découvertes, et perfectionnemens, en quelque genre que ce soit.

16. Beaux-arts.—Des *lithographies* ou des *gravures*, représentant soit des sites pittoresques ou des monumens remarquables, soit des machines ou des instrumens applicables dans l'agriculture, dans les arts industriels, dans la marine, soit des hommes célèbres, et surtout des hommes utiles, seront quelquefois ajoutées aux publications de ce Recueil.

17. Littérature et Théatres, considérés dans leurs rapports avec l'instruction et la morale publiques, et avec le caractère, le génie et le goût national de chaque pays.

18. Statistique de la presse périodique; son esprit, son influence, ses variations.

19. Enfin, ÉTABLISSEMENS et *objets d'un intérêt géné-ral;* QUESTIONS *d'économie sociale et politique, et d'ad-ministration,* propres à éclairer les discussions des chambres législatives; NOTICES sur la vie et les travaux des hommes distingués par de grands services rendus à la chose publique, &c.

Cette esquisse, très abrégée et imparfaite, du plan de la *Revue cosmopolite et comparative* a surtout pour objet de fournir, dès à présent, quelques directions à ses correspondans sur la nature et les sujets infiniment variés des communications qu'il pourront destiner à ce Recueil, sans que nous prétendions néanmoins limiter leurs recherches aux objets qui viennent d'être indiqués.

Telles sont les considérations générales et les idées, pour ainsi dire, pratiques, qui ont présidé à la conception soumise aujourd'hui à votre attention bienveillante, et qui resterait une œuvre stérile et morte, si elle n'était protégée, encouragée, vivifiée par votre approbation et par le concours précieux d'un grand nombre d'hommes instruits et distingués. Cet ouvrage périodique, qui paraît pouvoir devenir une véritable institution, sera publié, *à compter du mois de janvier prochain* (1834), sous les auspices et le patronage de plusieurs personnages éminens de toutes les nuances d'opinions politiques et littéraires en Angleterre et en France.

Un Conseil de perfectionnement, auquel on présentera, tous les six mois ou tous les ans, un rapport détaillé sur la marche et les progrès de l'institution, contribuera à lui imprimer une direction de plus en plus appropriée à son plan et à son but, et à l'améliorer par tous les moyens qui paraîtront convenables.

Les amis de l'humanité, de l'union des peuples et de la civilisation, qui voudront seconder efficacement cette en-

treprise, seront invités à s'inscrire,(1) soit comme ACTION-
NAIRES FONDATEURS ; soit comme SOUSCRIPTEURS FON-
DATEURS ; soit comme RÉDACTEURS-FONDATEURS et
ASSOCIÉS—CORRESPONDANS. Les conditions, les droits
et les avantages, attachés à chacune de ces trois qualités,
sont exposés dans une NOTE séparée, à la fin de cette lettre.

Mais, en traversant la mer pour venir sur votre propre
sol déposer le germe de l'institution dont la pensée me
dominait tout entier depuis quelques années, j'ai voulu
vous faire hommage d'une invention, j'ose le dire, éminemment utile, et qui appartient, en grande partie, à ce
même BACON, dont le nom se rattache à toutes les découvertes de l'esprit humain, depuis qu'il est venu lui révéler
son *nouvel organe* et toute sa puissance de création.

BACON avait dit, avec son admirable précision :
"l'homme ne peut qu'autant qu'il sait ; il ne sait qu'autant qu'il a observé."—Puis, ajoutant quelques développe-
pemens à cette vérité féconde, il a dit : l'esprit humain
est d'une nature aérienne et volatile : tout lui échappe, et
il échappe à tout. Mais on pourra créer quelques instrumens perfectionnés, propres à rendre, pour ainsi dire,
matérielles les observations et les expériences, et qui ren-
dront à l'intelligence et à l'âme des services analogues à
ceux que la règle et le compas rendent à l'œil et à la
main.

Déjà, la MONTRE, cet instrument devenu si commun et
d'un usage si universel, qu'on remarque à peine qu'elle fut
une œuvre admirable du génie, a donné un corps au
tems, a fixé, par des divisions presque matérielles,
que l'œil peut voir, que la main peut toucher, qui

(1) Chez MM. BOSSANGE, BARTHÈS et LOWELL, libraires, à Londres ;
cette maison de librairie est autorisée à recevoir les sommes que l'on roudi
y verser pour contribuer à la fondation de la *Revue Cosmopolite et Compa
ratice*, et à donner des récipissés valables de ces sommes.

s'expriment aussi par des sons que l'oreille peut entendre, les momens fugitifs dont se compose sa durée; elle lui a donné une voix qui dit à l'homme : " je marche; et toi, que fais-tu ?"; comme cet esclave chargé par Philippe, Roi de Macédoine, de lui répéter chaque matin : " Souviens-toi que tu es homme," afin qu'égaré par les enivrantes séductions de la flatterie, il ne fût pas exposé, comme son fils et son successeur Alexandre le Grand, à descendre quelquefois, du haut de sa grandeur suprême et de sa dignité royale, au-dessous de l'humanité.

De même que la *montre ordinaire* fait apprécier la fuite rapide des heures et permet d'en surveiller plus exactement l'emploi, j'ai pensé qu'il était possible d'imaginer et d'exécuter une sorte de MONTRE MORALE *(Moral Watch)*, que j'ai appelée BIOMÈTRE, *mesure* ou *appréciation* de la vie, (des deux mots grecs, Βιος, vie; μετρον, mesure), destinée à procurer à chaque individu qui voudra en faire usage un moyen facile et simple de mesurer exactement sa vie, en l'estimant par les divers emplois de chaque interval. de 24 heures, et à rendre ainsi à l'esprit, par des *tables matérielles d'observations et d'expériences*, progressives et comparées, les mêmes services à peu près que la règle et le compas rendent à l'œil et à la main.

Plusieurs écrivains philosophes, depuis PYTHAGORE et SÉNÈQUE jusqu'à LOCKE et à FRANKLIN, avaient proposé des règles de conduite et des moyens de diriger la vie humaine dans une voie de perfectionnement. Mais peu d'esprits étaient capables de suivre avec constance les meilleurs plans dans ce genre, qui ne pouvaient guère s'adapter qu'à une existence toute solitaire et méditative, ou à la vie régulière d'un couvent ou d'un collège. Les habitudes d'ordre, qui étaient conseillées, et qui auraient pu avoir la plus salutaire influence, se trouvaient chaque jour combattues, troublées et détruites par l'action corrosive du tourbillon de la vie sociale.

Il était bien difficile, même impossible, d'assujétir un grand nombre d'hommes à des coutumes sévères, à une surveillance continuelle sur eux-mêmes, à l'observation rigoureuse des règles et des lois imposées par les moralistes, qui auraient voulu enchaîner la vie, afin qu'elle ne fût qu'une pratique constante et invariable de la vertu. Voulait-on donner une attention soutenue et une portion considérable de tems à bien ordonner toutes ses actions ? alors, on employait à étudier l'art de vivre les momens précieux et fugitifs que la vie elle-même réclamait impérieusement, ou pour des affaires et des occupations sérieuses, ou même pour des choses futiles et pour des minuties et des niaiseries auxquelles on ne pouvait pas échapper.

Tout en appréciant et en respectant les sages conseils de ceux qui avaient recherché les meilleurs moyens d'introduire une réforme morale parmi les hommes, j'ai cru qu'on pouvait faire autrement, et peut-être mieux, ajouter à ce qu'ils avaient commencé, et tâcher de compléter leur œuvre.

Je me suis dit : la nuit n'est pas seulement un intervalle accordé à l'homme par la nature pour reposer son corps fatigué des travaux de la journée ; elle est aussi un intervalle précieux pour fixer, pendant quelques momens, l'esprit de l'homme sur l'espace de tems qu'il a parcouru, et sur l'usage qu'il en a pu faire.

Je me suis dit encore : tout homme qui a quelques idées d'ordre et d'économie, ou même qui obéit au seul instinct de son intérêt personnel et de sa conservation, ne laisse pas échapper une pièce de monnaie d'or, de la valeur de 20 shillings, (une livre sterling), même une pièce d'argent, sans savoir à peu près ce qu'elle devient, et si l'emploi qu'il en a fait lui est agréable ou utile. Et cependant, après qu'une pièce de monnaie a été dépensée ou perdue, on peut réparer cette dépense ou cette perte et retrouver une même valeur en argent par une combinaison heureuse, ou par son travail. Mais, quand on a dépensé ou perdu cette *pièce de monnaie de la vie* qu'on appelle *un jour*, qui peut nous le rendre? qui peut nous dédommager de l'avoir laissé évanouir sans aucun résultat d'agrément ou d'utilité, souvent même de l'avoir déplorablement employé à nous plonger, par irréflexion, par imprudence, par légèreté, par l'entraînement des passions, dans un abîme de malheurs?

Pourquoi n'apporterions-nous pas le même soin à nous rendre compte des divers emplois de nos journées, que nous apportons à nous rendre compte des divers emplois des sommes d'argent dont nous pouvons disposer?

On a dit souvent que *le tems est un trésor dont il faut être avare.* Mais on n'a jamais déduit de cette pensée toutes les conséquences qui en découlaient naturellement.

Il m'a donc paru essentiel de créer un instrument destiné à rendre facilement applicable une méthode d'administration régulière et économique de la vie journalière, et à procurer le moyen de savoir, aussi exactement que possible, ce que sont devenues les différentes parties du jour que nous sommes convenus d'appeler des *heures.*

Il fallait, pour atteindre ce but, inventer un instrument d'un usage universel, qui pût servir également à tous les individus, sans distinction de sexe, d'opinion, de condition sociale ou de profession, ou de fortune; mais qui, néanmoins, convient surtout aux esprits éclairés, aux hommes doués d'une raison supérieure, d'un bon-sens exquis, jaloux de se bien observer et de s'améliorer; aux jeunes gens bien nés et bien élevés, capables de sentir combien il leur serait utile d'avoir toujours avec eux un mentor et un guide; aux personnes très occupées qui éprouvent le besoin d'avoir un régulateur et un modérateur, au milieu des flots tumultueux de leur vie agitée ; aux personnes paresseuses et oisives par inclination, qui ne peuvent, pour ainsi dire, être arrachées à l'empire de cette force d'inertie, contre laquelle elles voudraient en vain lutter, que par une sorte de ressort et de mobile excitateur, propre à les secouer par une impulsion continue, ou renouvelée tous les jours.

La connaissance de l'homme, a dit, je crois, POPE, (et notre MONTAIGNE l'avait dit aussi) est ce qui importe le plus à l'homme.

" The proper study of mankind, is man."

L'antique précepte, gravé sur le frontispice du temple de Delphes : γνωϑι σεαυτον ; *nosce te ignum; connais-toi toi-même; know thyself; conosce te stesso ;* a été reproduit dans tous les siècles, chez tous les peuples, dans toutes les langues. Il s'agissait de trouver le moyen d'en faire une application facile et générale.

J'ai donc imaginé, et ensuite exécuté un *instrument-livret* (BIOMÈTRE), qui permet de recueillir, chaque matin, *en cinq minutes au plus, et sur une seule ligne, pour chaque intervalle de vingt-quatre heures, les divers emplois et les principaux résultats de la vie pendant le même espace de tems.*

Le BIOMÈTRE est une suite de petites tables composées de colonnes, représentant tous les emplois possibles de la vie humaine et sociale, et tous les rapports qu'elle embrasse. Chaque table contient dix lignes pour dix jours, et une dernière ligne, de récapitulation, pour établir les totaux des heures inscrites dans chaque colonne. Chaque ligne figure un jour et se prolonge horizontalement à travers les colonnes indicatives des divers emplois de la journée. La première colonne, à la gauche du tableau, marquée A, indique la date du mois et le jour de la semaine. La se-

conde colonne, B, beaucoup plus large, est destinée à
reproduire, avec un petit nombre de signes convenus, les
variations de la température journalière, variations qui
exercent une influence naturelle et nécessaire sur l'homme
lui-même et sur sa vie. Les quatorze colonnes qui suivent
depuis la 3ème jusqu'à la 16ème, expriment, par les chiffres
qu'on y inscrit, le nombre des heures données à chacune
des divisions de la vie *physique, morale, intellectuelle,
sociale,* et *passive* ou *végétative*. La 17ème colonne, qui
vient immédiatement après, exprime le total des 24 heures,
qu'on a dépensées ou qu'on doit dépenser. Une colonne,
beaucoup plus large que les précédentes, R, *remarques*
ou *réflexions*, est destinée à recevoir l'explication en deux
ou trois lignes, correspondantes à la ligne du jour, de
celles des colonnes qui ce jour là sont le plus chargées de
chiffres, et devra contenir au plus 25 ou 30 *mots de re-
cherche,* pour se rappeler les noms des personnes, des
lieux, des établissemens, ou les objets les plus remarquables qu'on a vus dans la journée, ou ce qu'on a fait de
plus important. La 19ème et dernière colonne, S (*secret
de la vie*) est destinée à recevoir un *signe mystérieux*,
(soit une note de musique, une lettre de l'alphabet, un
caractère algébrique, une figure quelconque) qui reproduit
fidèlement et rend visible à l'œil, et pour ainsi dire, *intui-
tive* à l'esprit, l'impression *bonne, mauvaise* ou *médiocre*,
que le jour écoulé a pu laisser dans l'âme.

Ainsi, trois tables, de dix jours l'une, et contenant 30
ou 31 lignes, figurent un mois. Trente-six tables, contenant
365 lignes, représentant les douze mois de l'année, et
suivies d'une dernière table récapitulative, en douze lignes,
pour le compte rendu sommaire annuel des douze mois,
constituent notre *montre morale*.

L'usage de cette montre ne gêne en rien les habitudes,
ni l'indépendance de la vie; pas plus que celui de la

montre ordinaire, et fait connaître exactement ce que chaque jour est devenu et comment il a été dépensé.

Quand on voulait régler sa vie d'avance, d'après les conseils des moralistes, mille circonstances imprévues venaient déranger le plan qu'on avait formé et bouleverser les plus sages projets.

Ici, vous retracez, chaque matin, à votre pensée, en montant votre *montre morale*, la journée de la veille, qui a été employée, d'une manière bonne ou mauvaise ; satisfaisante, ou nulle, ou déplorable. Quel qu'en ait été l'emploi, tout est consommé. L'irrésistible torrent du tems a entraîné et englouti cette journée dans son cours. Mais, par cela même qu'elle n'existe plus que dans votre souvenir, qu'il ne dépend plus de vous d'en changer les résultats, qu'il y a là quelque chose de positif livré à votre observation, le moment est venu de recueillir, de conserver, de la manière la plus analytique, la plus abrégée, la plus complète, ce résultat, quel qu'il soit. La seule inspection de la ligne ainsi tracée est une leçon indirecte, mais éloquente, qui agit sur vous ; et il est impossible qu'en rapprochant et comparant les lignes qui se suivent dans chaque page, à mesure que vous insérez un certain nombre d'heures dans chaque colonne, vous ne soyez pas porté, par instinct, par besoin, par réflexion, par raison, et par une force irrésistible, ou à modifier en bien la journée qui commence, si vous êtes mécontent de la journée précédente, ou à désirer de reproduire le même signe, exprimant le contentement intérieur que vous éprouvez, si votre journée a été satisfaisante sous les *quatre grands rapports, physique, moral, intellectuel* et *social*, qu'elle comprend.

Car l'homme a un corps, et, dès-lors, une vie physique et des besoins physiques. Il a une âme, et des besoins moraux ; une intelligence, et des besoins, des rapports

2

intellectuels; une nature éminemment sociale, et des besoins, des rapports, des intérêts, des devoirs sociaux, à l'égard de ses semblables. Il a aussi une sorte d'existence, pour ainsi dire, végétative, qui ne doit pas être oubliée dans une analyse fidèle et raisonnée de sa vie. Il a des rapports nécessaires, presque imperceptibles, avec la nature extérieure et la température atmosphérique, qui agissent sur lui, sur sa constitution, sur son état physique, moral, intellectuel et social, d'une manière insensible, mais puissante. Les observations délicates et fugitives, qui lui échapperaient, si elles n'étaient pas recueillies et conservées avec soin, jour par jour, lui fournissent un moyen précieux de surveillance continuelle sur lui-même et sur tout ce qui l'entoure ; ce qui fait que notre *Biomètre* est à la fois un instrument physique et hygiénique, ou conservateur de la santé ; moral et économique, qui tend toujours à maintenir ou à rétablir notre nature morale dans une situation meilleure ; intellectuel, ou excitateur de notre intelligence dont il remonte périodiquement les ressorts en stimulant son activité ; enfin, social, en nous faisant bien comprendre l'utilité et l'importance de nos rapports avec les autres hommes.

Le Biomètre réunit les deux avantages de donner une certaine variété à la vie la plus monotone, en reproduisant exactement les nuances, diversifiées à l'infini, des occupations, des circonstances, des impressions, des sentimens, des peines, des plaisirs, qui sont les élémens de son essence fugitive, et une grande régularité à la vie la plus dissipée et la plus répandue, dont il classe méthodiquement les résultats essentiels, sans fatiguer l'esprit et sans exiger d'autres sacrifices qu'un recueillement consciencieux de la pensée pendant cinq minutes, chaque matin.

Il procure aussi le moyen d'augmenter la valeur réelle de

ses journées, et presque le nombre des heures dont elles se composent. Car, celui qui en a la ferme volonté, peut, dans le cercle étroit de 24 heures, se créer des journées de 26, de 30, même de 36 heures, en contractant l'habitude salutaire d'extraire de chaque portion de la vie, comme d'un citron fortement pressé dont on exprime le jus, tout ce qu'elle est susceptible de produire.

Je suppose que je traverse l'océan sur un bâtiment à vapeur, et que ma traversée dure *dix* heures. Je dois inscrire le nombre 10 sur ma ligne de ce jour, dans la colonne M, *(marche, mouvement)*, affectée à la *vie errante* et aux voyages; *Rapports de l'homme avec les lieux.* Mais, sur les *dix* heures, pendant lesquelles j'étais transporté d'un lieu dans un autre, j'en ai donné *deux* à la *vie tranquille*, ou au sommeil, colonne C, *(Coucher; Rapports de l'homme avec le besoin de dormir.)* J'en ai donné *trois* autres à une conversation instructive et animée avec une personne aimable et spirituelle : je puis inscrire ces *trois* heures dans la colonne de la *vie sociale*, N *(Noms et relations; Nœud,* la société étant le lien commun qui unit les hommes; *Rapports de l'homme avec ses semblables).* J'en ai employé *trois* encore à composer, sous l'inspiration d'une belle nature, du spectacle imposant de la mer, d'une communication douce et intime avec une âme qui a compris la mienne, deux pièces de vers dont la production appartient à ma *vie intellectuelle libre*, colonne J, *(Jeu,* sorte de jeu de l'esprit, lorsqu'il peut agir en liberté, se jouer dans le vague de ses pensées, comme l'oiseau dans les airs; *Rapports de l'intelligence humaine avec ses penchans et ses goûts.)*

J'ai donc réellement *doublé* la valeur de mes *dix* heures de voyage; ma journée est de 34 *heures;* et, dans mille autres circonstances de la vie, on peut réaliser le même profit, si l'on donne une attention constante à tirer le meilleur parti possible de tous ses momens.

Il y aurait des volumes entiers à écrire sur ce sujet inépuisable, qui n'est rien moins que *l'homme* compris dans sa plus grande généralité, et la nature humaine comprise dans tous ses élémens, dans ses moindres détails.

Je dois donc m'abstenir de développemens plus étendus et renvoyer au *Biomètre* les personnes qui voudront le connaître, et même peut-être en essayer l'usage.

Cet usage n'a rien d'effrayant, même pour les hommes du monde, légers, frivoles, superficiels, auxquels il laisse toute l'indépendance de leur vie. Il n'a rien de gênant pour aucun individu. Mais il convient principalement aux jeunes personnes de l'un et de l'autre sexe qui entrent dans leur 18ème ou 19ème année, et qui acquièrent alors une conscience plus intime d'elles-mêmes et de la vie, qui ont devant elles la perspective et la chance probable d'un long espace à parcourir, qui ont un grand intérêt à ne point dissiper légèrement, ni perdre ces précieuses journées dont le bon ou mauvais emploi peut décider de leur sort et les rendre à jamais heureuses ou malheureuses.

La méthode proposée, dont le Biomètre fournit l'instrument pratique très-simplifié, est à la fois religieuse et philosophique, morale et économique; conforme aux règles suivies par le commerce, et aux habitudes militaires.

Elle est religieuse et philosophique; car elle donne une voix à la conscience et à la raison qui renouvellent, chaque matin, leurs avertissemens salutaires. L'homme peut ensuite les suivre ou les négliger; qu'il soit du moins forcé de les entendre; tôt ou tard ils porteront leurs fruits.

Elle est morale et économique. On s'accoutume à in-

terroger presque involontairement chaque portion de sa
vie, chaque heure, chacun des instans fugitifs que trop
d'hommes s'étudient à perdre péniblement, en créant
même une sorte de science de *tuer le temps;* et de semblables questions, devenues une habitude, ne sont jamais
posées en vain. Elles éveillent l'attention et la réflexion,
et la vie devient plus rationnelle et plus logique : elle est
dirigée vers un but convenu et dans une route déterminée.

L'usage du Biomètre ne fait qu'appliquer à la vie cou-
rante la tenue des *écritures commerciales,* et à l'inspection de nos heures et de nos journées la *sévérité des revues*
et des *inspections militaires,* qui établissent et maintien-
nent la discipline, l'ordre, la régularité et la simultanéité
des mouvemens dans ces réunions d'hommes, appelées
compagnies, bataillons ou *escadrons, régimens, divisions*
et *corps d'armée.*

Enfin, pour offrir une image, moins sérieuse et non moins
vraie, aux FEMMES, qui sont appelées à exercer une si
haute et si puissante influence sur la régénération et sur
l'amélioration de l'espèce humaine, si elles veulent comprendre leur noble destination et conserver religieusement
leur dignité morale, leur sainteté, leurs droits à nos res-
pects, à nos hommages et à notre amour, je dirai que le
Biomètre est comme un Clavecin; et ses cases, où l'on
dépose les heures consacrées aux divers emplois de la
vie, sont comme des touches qui rendent un son plus
ou moins prolongé, plus ou moins agréable, et dont l'ac-
cord parfait tend à faire de la vie une sorte de concert
harmonieux que l'on peut renouveller tous les jours(1).

(1) Cette haute destination des FEMMES, cette auguste et sainte mission
qu'elles sont appelées à remplir, en contribuant essentiellement, par
leurs exemples, par leurs discours, par leur influence dans le sein de leurs
familles, par l'éducation de leurs enfans, à opérer peu à peu la réforme
morale et sociale de l'humanité, puisque notre civilisation brillante est

Il importe beaucoup de maintenir un juste équilibre
entre les différentes parties dont la vie humaine et sociale

encore aujourd'hui, à plusieurs égards, une véritable barbarie, ont inspiré
un noble et utile projet à une dame américaine, d'un mérite fort distingué,
Mme. VILLARD, auteur de plusieurs ouvrages estimés sur l'éducation.

Cette dame, après avoir fondé dans sa patrie, à quelque distance de
New-York, une *maison d'éducation normale de filles (female institution)*,
qui a été, depuis plusieurs années, une pépinière féconde d'institutrices
habiles et éclairées, a conçu la généreuse pensée d'aller établir une
institution du même genre à Athènes, dans laquelle seront élevées des
femmes, destinées à devenir institutrices ou professeurs, qui devront ensuite
propager dans les différentes parties de la Grèce les bienfaits de l'éducation
perfectionnée qu'elles auront reçue.

Ce projet ne tend à rien moins qu'à changer complètement la condition
des femmes en Orient, et par suite la civilisation de toutes les contrées du
Levant. Ce n'est point l'œuvre d'un jour, ni même celle d'une femme,
dans l'opinion commune qui, méconnaissant la nature épurée, sublime et
la destination presque divine des femmes, les considère seulement comme
de beaux diamans, comme des bijoux précieux, comme des ornemens de
luxe, brillans, délicats et fragiles, faits pour embellir la société, pour servir
à nos plaisirs, à notre vanité, à notre orgueil, et non comme des créatures
d'une essence supérieure et angélique, des ministres de bonté et de bienfaisance, des instrumens puissans de la moralité et de la félicité humaines.

Mais, Mme. VILLARD, qui a la conscience d'elle-même et de son sexe
compris dans toute la sainteté de sa nature, n'a point mesuré ses forces
d'après les préjugés vulgaires. Elle croit que l'âme peut atteindre bien
haut et bien loin, et elle a raison. Elle a déjà fait mieux que de parler.
Une société a été formée, un premier fonds de souscription commencé, et
le noyau grossira.

Une idée grande et féconde est comme un germe qui doit se développer
et fructifier sous l'influence bienfaisante et vivifiante des esprits éclairés,
des cœurs généreux, des amis du bien. Par ce motif, le succès de notre
Revue cosmopolite et comparative des nations se trouve assuré d'avance, et
ne saurait inspirer aucun doute.

Ce sera un grand et beau spectacle que celui du vaisseau américain qui
franchira les vastes mers pour transporter dans la GRÈCE, contrée la plus
justement célèbre des tems anciens, la plus tristement abâtardie et
dégénérée des tems modernes, cette femme dévouée, hardie et puissante,
suivie des jeunes compagnes qu'elle a formées pour réaliser sa fa-
buleuse expédition, sa courageuse et gigantesque entreprise.

se compose; et cet équilibre, trop souvent rompu, au détriment de notre santé, de notre moralité, de notre intelligence, de nos rapports sociaux, de notre bonheur, sera facilement rétabli, lors-même qu'il aura subi des interruptions momentanées et inévitables, par l'homme décidé à employer cinq minutes chaque matin pour monter sa montre morale.

Si le *Biomètre*, véritable complément et supplément d'une bonne éducation, peut devenir utile à la jeunesse, j'aurai été largement payé de mes veilles et de mes soins; ma longue expérience et mes malheurs n'auront pas été sans fruit pour l'humanité, et je pourrai me féliciter d'avoir traversé une carrière pénible et orageuse, puisque les résultats, quoique tristes et funestes pour moi, auront été utiles à mes semblables.

Et à vous, GÉNÉREUSE NATION ANGLAISE, j'aurai rendu ce que vous m'avez donn . Car c'est dans les écrits de votre BACON que j'ai puisé les pensées qui ont produit le *Biomètre*, et il est comme la réalisation d'un vœu de ce grand philosophe.

Il me reste à vous payer encore un tribut, qui, je l'espère, m'obtiendra votre estime et votre confiance. La philosophie et la poésie sont deux sœurs : elles se prêtent de mutuels secours. En visitant votre belle patrie, j'étais pénétré d'un sentiment profond d'admiration et de respect pour les hommes supérieurs en tout genre qu'elle a produits; j'ai tâché de les célébrer, dans des vers que m'a inspirés la vue de vos rivages et du vaste et humide rempart qui les protège; comme si, par les desseins profonds et impénétrables de la Providence, cette terre privilégiée qui devait être à la fois l'asyle des libertés du monde, le sanctuaire auguste des droits de l'humanité, le phare allumé pour éclairer et diriger les peuples dans les voies de la civilisation, devait être éternellement garantie par les flots

de toute tentative impie et criminelle des ambitions des-
potiques qui ont trop souvent ravagé, opprimé, étouffé les
nations du continent. La magnanime et infortunée Po-
LOGNE nous offre, sous ce rapport, le plus déplorable et le
plus récent exemple des immenses calamités qu'entraîne la
perte de l'indépendance et de la nationalité; calamités à
l'abri desquelles la noble ANGLETERRE est heureusement
placée. Elle n'a donc d'autres ennemis à craindre qu'elle-
même; et, si elle peut réaliser insensiblement les conséquences naturelles et nécessaires de sa réforme, sagement
et paisiblement opérée jusqu'ici, mais encore très imparfaite; si des concessions réciproques sont faites à tems,
soit par votre haute aristocratie, qui doit avoir toujours
devant les yeux les suites funestes qu'ont entraînées, en
France, l'orgueil et les prétentions de notre incorrigible no-
blesse et de notre haut clergé; soit par les hommes avides
et impatiens, dont la marche trop rapide et imprudente
compromettrait le bien qu'ils ont sans doute l'intention de
faire, et pourrait conduire l'État dans d'affreux précipices;
si, dis-je, au moyen de ces mesures conciliatrices qui
ménageront quelques préjugés et quelques intérêts en con-
tinuant avec sagesse et fermeté l'œuvre d'une réforme pa-
cifique, progressive et complète, vous échappez au fléau
des révolutions violentes et convulsives; si vous savez
extirper de votre législation et de vos mœurs quelques abus
invétérés qui rongent le corps social, vous donnerez au
monde habitué à vous contempler et à vous admirer, un
exemple digne de vous; et la noble carrière de l'industrie,
dans laquelle vous avez déjà fait des pas de géant, promet
à vos concitoyens laborieux et actifs, que devront seconder puissamment les classes favorisées de la fortune, la
plus ample moisson de richesses, de bien-être et de gloire
que jamais une nation ait pu recueillir.

Animé de ces sentimens, je prends donc la liberté de

soumettre à la nation Anglaise, à la suite de cette lettre, *quatre pièces de vers*, dans lesquelles j'ai tâché de reproduire, d'abord *la Révolution Française* et ses déplorables écarts, *Napoléon* et ses fatales erreurs; puis, les impressions que fait toujours renaître, dans l'homme philosophe et religieux, la vue si imposante de l'Océan et de son immensité ; l'admiration et les espérances qu'excitent dans L'HOMME D'ÉTAT, c'est à dire, dans *celui qui a des vues générales et généreuses, d'avenir et de bien public*, l'emploi si ingénieux de la vapeur qui centuple les forces humaines et le libre développement du génie de l'homme.

Après ce tribut payé à la Divinité et au Génie, ma pensée s'est naturellement reportée sur la Pologne et sur ses malheurs ; et, comme je venais chez une nation qui a montré la plus noble sympathie pour les illustres et respectables débris de ce peuple, réduit à errer sans patrie, après avoir étonné l'univers par son courage et son héroïsme, j'ai été excité et encouragé à consacrer quelques chants plaintifs à une noble cause qui, perdue pour le moment au tribunal des rois, sera plus tard appelée et jugée au tribunal des nations, et qui alors triomphera.

Enfin, j'étais sur la terre classique qui a produit BACON, NEWTON, *Shakespeare, Milton, Pope, Locke, Dryden, Addison, Johnson, Swift, Sterne, Goldsmith, Gibbon, Hume, Robertson, Dugald Stewart, Adam Smith, (Pitt, Fox, Burke, Shéridan, Nelson, Erskine, Canning, Howard, Wilberforce, Mackintosh), Jérémie Bentham, Davy, Walter Scott, Lord Byron, West, Reynolds, Flaxman, Lawrence, &c.;* et j'ai osé me hasarder à célébrer quelques-uns de vos grands hommes, savans, économistes, littérateurs, poëtes et artistes, si justement célèbres.

Cet hommage d'un Français aux génies bienfaiteurs de

l'humanité, qui ont reçu le jour en Angleterre, d'où leurs lumières et leur réputation se sont répandues chez toutes les nations civilisées, méritera, peut-être, si l'appréciation que j'ai tâché d'en faire vous paraît exacte et impartiale, d'être accueilli avec une bienveillante indulgence.

Agréez, généreux Citoyens de la Grande-Bretagne, le tribut sincère de ma haute admiration, de ma vive et profonde sympathie et de mes sentimens respectueux et affectueux pour votre nation.

MARC ANTOINE JULLIEN, de Paris.

LONDRES, 21, Sherrard Street, Golden Square,
le 15 Septembre 1833.

LA RÉVOLUTION FRANÇAISE ET NAPOLÉON;

ou

MES VŒUX POUR LA FRANCE(1):

UNION, LIBERTÉ, PAIX.

———————

J'ai secoué mon âme, et le joug qui l'accable.
J'étais las de traîner un destin misérable,
De lutter vainement contre un désir de mort;
J'ai changé de séjour, je veux changer mon sort.
Je veux renaître encore à la douce influence
Qu'exerce du soleil la féconde présence :
Je veux revoir des fleurs, des femmes, des enfans,
Reposer mes regards sur ces objets charmans.
Je veux renaître enfin au bonheur, à la joie
Où l'âme vertueuse avec transport se noie,
Quand les feux bienfaisans d'un chaste et pur amour
Versent au fond du cœur les clartés d'un beau jour.
Mais, qui rappellera, dans cette âme flétrie,
Et la belle espérance, et l'amour de la vie ?...
Un mobile puissant peut seul me ranimer.
O France ! ô mon pays ! j'ai besoin de t'aimer :
J'ai besoin de te voir heureuse, florissante,
De concentrer sur toi ma faculté pensante,

(1) Ces VERS ont été composés à CAEN (Calvados), le 29 Juillet 1833,
pour l'anniversaire du 29 Juillet 1830, immédiatement après la clôture du
Congrès Scientifique, composé de plus de 200 personnes, qui s'était réuni
dans cette ville, et dont M. JULLIEN, DE PARIS avait été nommé vice-pré-
sident. Le Compte-rendu des travaux de ce Congrès scientifique, dont la
session n'a été que de huit jours, sera publié incessamment à ROUEN.

De consacrer le peu qui me reste de jours
A t'offrir de mes soins le fidèle secours. .

O FRANCE ! ô ma patrie ! accepte ici l'hommage
Des vœux que je formai pour toi, dès mon jeune âge.
Enfant encor, déjà je respirais pour toi :
Ta gloire était ma gloire, et tu vivais en moi.
Sous le poids de mes vœux succombant, oppressée,
Vers un long avenir s'élançait ma pensée ;
Elle invoquait pour toi trois immenses bienfaits :
L'UNION de tes fils, la LIBERTÉ, la PAIX.

L'union de tes fils, flamme vive et légère,
N'exerça sur les cœurs qu'un pouvoir éphémère ;
Et la guerre civile, et sa hideuse horreur
Livrèrent mon pays au joug de la terreur.

La *liberté*, par moi vainement implorée,
Mégère échevelée, et de sang altérée,
Des meilleurs citoyens, qui lui tendaient leurs bras,
Dans sa rage insensée, ordonnait le trépas.

La *paix*, la douce paix, aux nations promise,
S'enfuyait, à la voix des fils de la Tamise.
La jalouse Albion, et ses fiers léopards,
Et les Rois conjurés menaçaient nos remparts(1).
Déjà leur délirante et frénétique joie
Dans la France envahie a cru saisir sa proie :
L'avare ambition de ces princes bourreaux

(1) Il s'agit ici d'un simple fait historique. Heureusement, ces déplorables divisions et ces haines, fomentées long-tems entre deux nations faites pour s'estimer, sont remplacées aujourd'hui par les sentimens durables d'une mutuelle sympathie, et par l'intime conviction, qu'il faut graver profondément dans la conscience des peuples, que leurs intérêts sont communs, que leur union importe à leur bien-être et au libre développement de leur industrie, et que les guerres, allumées entr'eux par de perfides machinations et de criminelles intrigues, tournent toujours au profit de leurs oppresseurs et au détriment de leur prospérité.

Déjà de notre sol partageait les lambeaux.
Mais tes fils généreux s'arment pour te défendre,
O FRANCE ! et le Phénix renaîtra de sa cendre.

L'amour de la patrie enfante des héros.
Un seul plane sur tous.   Il brise les complots
De cette ligue impie, orgueilleuse, impuissante,
Exhalant contre nous sa rage menaçante.
Il combat, il triomphe : absolu dans les camps,
D'abord l'effroi, bientôt l'émule des tyrans,
Et pour nous opprimer abusant de sa gloire,
Fait tourner contre nous les fruits de la victoire.

Depuis, il expia, par de cruels revers,
Et sa grandeur fatale, et nos chagrins amers.
Mais, la France, oubliant sa liberté trahie,
Sa frontière deux fois par l'Europe envahie ;
La France généreuse, et sensible à l'honneur,
Dit : *Hommage à la gloire et respect au malheur !*
Et ce tombeau lointain, exilé, solitaire
Qu'au pied d'un roc sauvage éleva l'Angleterre,
La cendre d'un héros et son grand souvenir
Par un terrible exemple instruiront l'avenir.

J'ai payé mon tribut à sa noble mémoire,
NAPOLÉON ! j'ai dit ce que dira l'histoire.
Ton génie, égaré par tes fougueux désirs,
De la tranquille paix dédaigna les loisirs ;
Et ton ambition insatiable, ardente
Sacrifia le monde à sa soif dévorante.

Jeune encor, près de toi, l'austère vérité,
Devançant les arrêts de la postérité,
M'inspira les conseils d'une amitié fidèle.
Tu repoussas ma voix, tu méconnus mon zèle ;
Et, banni de ta cour, exclu de tes faveurs,
Je me vis préférer des valets, des flatteurs

Dont ton oreille aimait le doucereux langage
Qui cachait sous des fleurs les fers de l'esclavage.(1)
Ah! pourquoi, dans ces jours glorieux, immortels,
Où la France déjà te dressait des autels;

(1) L'auteur de ces vers avait été chargé, en 1796, à l'âge de 21 ans, étant alors capitaine adjoint à l'état-major de la légion lombarde commandée par le général LAHOS, de rédiger, auprès du général en chef BONA-PARTE, et sous sa direction immédiate, *le Courrier de l'armée d'Italie*, destiné à présenter à l'armée l'état de l'intérieur de la France; à la France, les sentimens, les vœux et l'esprit patriotique de l'armée. Bonaparte, qui avait donné l'ordre au jeune rédacteur de ce Bulletin Politique et militaire de venir travailler avec lui, tous les matins, à l'heure où il s'enfermait pour lire ses dépêches et les papiers publics, ne tarda pas à démêler dans cette âme pure et ardente un amour invincible de la liberté et du bonheur des hommes. De son côté, le jeune capitaine, devenu journaliste, n'eut pas de peine à démêler, dans l'âme du jeune général en chef, plus âgé que lui seulement de six ans, le germe de l'ambition dominatrice qui devait étouffer, pendant plus de quinze années, la liberté du monde. Dès-lors, l'instinct du despotisme fit éloigner et disgracier l'homme de la vérité qui ne pouvait devenir un instrument docile et servile, et il fut remplacé par un homme de beaucoup d'esprit, mais d'un caractère très souple, et sans conscience, qui devint plus tard l'un des conseillers intimes du maître et l'un des hommes qui furent élevés par sa faveur à la fortune et à la puissance. Une disgrace continue et prolongée détruisit *toute la destinée* de celui qui s'était trahi lui-même pour servir les vrais intérêts de Bonaparte, les intérêts de la France, la cause des peuples et celle de l'humanité.

La gloire de Bonaparte serait restée pure et il serait encore le chef de la France et marcherait avec elle à la tête de la civilisation, s'il avait eu le noble courage d'écouter la vérité et de préférer des amis sincères et austères aux courtisans et aux flatteurs qui l'ont poussé dans un abîme. L'exemple de ses fautes et de ses malheurs profitera-t-il à ceux qui occupent à leur tour des trônes, et auront-ils le bon-sens de comprendre que, chaque homme étant nécessairement fort incomplet, notre bon HENRI IV lui-même ne put se compléter, et devenir un grand roi, et mériter le nom de père du peuple, qu'en supportant les remonstrances sévères de SULLY?....

On peut, je crois, diviser l'humanité en deux grandes classes, et cette

Où l'Italie entière, à tes drapeaux soumise,
Aux champs de Marengo, dans Milan, dans Venise,
Implorant de ton nom l'appui libérateur,
Saluant presque un Dieu dans son jeune vainqueur,
Te confiait ses droits, son avenir, sa gloire ;
Pourquoi l'enivrement, l'orgueil de la victoire,
A tes yeux éblouis voilant la vérité,
Te firent-ils trahir l'auguste liberté ?....

Toi, son fils, qui devais couvrir de son égide
Les peuples opprimés, c'est ton bras parricide
Qui plonge le poignard dans son sein maternel ;
Qui flétrit tes lauriers d'un opprobre éternel ;
Qui, de tes ennemis devenu le complice,
Prépare avec effort ta chute et ton supplice(1).

distinction de l'espèce humaine, qui me paraît vraie, est exprimée avec précision dans ces quatre vers que m'a inspirés une longue et triste expérience des hommes :

Chaque homme a ses défauts ; mais deux défauts contraires
Distinguent les humains par deux grands caractères.
Le Bon a ses défauts qui ne font tort qu'à lui :
Les défauts du Méchant sont mortels pour autrui.

(1) Napoléon pouvait seul se détruire lui-même, et il le fit, par les deux guerres d'Espagne et de Russie, également déplorables et fortement blâmées dans le tems par tous les hommes éclairés et amis du bien. L'auteur avait prédit, en 1812, dans les deux vers suivans, les suites nécessaires et fatales de ces deux guerres qui lui paraissaient aussi injustes qu'impolitiques :

Au Nord comme au Midi, perdant encor la carte,
Ce grand Napoléon va tuer Bonaparte.

L'auteur de ce distique numismatique expia, vers la fin de l'année 1813, sa funeste prévoyance et son triste rôle de Cassandre, annonçant aux Troyens la chute prochaine d'Ilion, par une arrestation dont l'ordre émanait directement de l'Empereur, de son quartier-général de Dresde, et il ne put recouvrer son entière liberté et tous ses papiers, qui avaient été saisis et mis sous le scellé, qu'après l'abdication impériale du mois d'Avril 1814.

Mais la France indignée avait vu, dans ses murs,
La dynastie usée et ses débris impurs
Par le glaive étranger remonter sur le trône,
Et, comme un droit divin, ressaisir la couronne.
La haine dans les cœurs a long-tems fermenté.
Les tems sont accomplis.   La vieille royauté
Succombe sous le poids de ses fautes nouvelles ;
Et, proscrites quinze ans, les couleurs immortelles,
Symbole glorieux de nos droits reconquis,
Sur nos saints étendards ont remplacé les lys.

   Trois jours ont renversé l'œuvre de quinze années.
Le peuple avait compris ces trois grandes journées ;
Il voulait resserrer l'union des Français ;
Il voulait raffermir la liberté, la paix :
Germes de tous les biens qu'aurait dû faire éclore
Le retour triomphant du drapeau tricolore ;
Germes réparateurs de tous les maux passés
Dont jusqu'aux souvenirs doivent être effacés.

   Ainsi, s'accompliront les destins de la France :
Tels sont du monde entier les vœux et l'espérance.
Ces germes bienfaisans, habilement mûris,
Croîtront de jour en jour, et porteront leurs fruits ;
Et l'union, la paix, la liberté chérie
Féconderont le sol de ma belle patrie.

MÉDITATION SUR LA MER(1);

VERS *Composés* le 12 Août 1833,

SUR LE PAQUEBOT À VAPEUR—*LE MONTAGNARD*,

PENDANT LA TRAVERSÉE DE DIEPPE À BRIGHTON.

SUR les flots agités je balance ma vie.
Par les hommes long-tems elle fut poursuivie ;
Mais j'échappe un instant à leurs complots pervers,
Et je trouve le calme au sein des vastes mers :
Calme délicieux que donne une âme pure
A l'homme simple et bon, ami de la nature.
    Je vois dans l'Océan, dans son immensité,
Le sceau mystérieux de la Divinité:
Je contemple, j'admire, au sein des mers profondes,
Le Souverain Auteur de la terre et des mondes.
Sa créatrice main parsema l'univers
D'innombrables soleils suspendus dans les airs ;
Et des faibles mortels la haute intelligence
Est un céleste don de sa munificence.
Il voulut embellir leur terrestre séjour :
Il y plaça les fleurs, les femmes et l'amour.
    Que j'aime de la Mer la muette éloquence !
Un sentiment profond de fière indépendance

---

(1) L'auteur de cette *Méditation*, à la fois religieuse et poétique, envisage la *Mer*, image de l'infini, comme un symbole mystérieux de la *puissance divine*, et la *Machine à vapeur*, comme un emblême animé du *génie humain*.

3

Épanouit mon sein, quand, par un art nouveau,
Dirigeant à son gré le docile vaisseau,
De l'homme industrieux l'audace et le génie
Le guident à travers les vagues en furie,
Et quand, de la vapeur empruntant le secours,
Sur la plaine liquide il suit son libre cours.

Comme avec majesté ce navire s'avance !
Des vents impétueux il brave l'inconstance;
Et, tel qu'un char superbe élancé sur les eaux,
Sa double roue agite et sillonne les flots ;
Et le tube, sorti de sa cuve enflammée,
Vomit les tourbillons de sa noire fumée
Dont les traces au loin se prolongent dans l'air,
Et semblent signaler le maître de la mer
Célébrant sur les eaux ses triomphales fêtes,
·Et sur le monde entier étendant ses conquêtes.
Partout, obéissante et soumise à ses lois,
La nature l'entend, et répond à sa voix.

Tels du Génie humain sont les divins prodiges.
L'univers, entraîné par leurs puissans prestiges,
S'élançant chaque jour vers de nouveaux progrès,
Pour consommer son œuvre, a besoin de la paix.

ÉPITRE

D'UNE JEUNE POLONAISE, ÉLEVÉE EN ANGLETERRE,

A SON PÈRE,

l'un des plus illustres défenseurs de la Pologne, resté en France.

(12 AOUT 1833).

Dans les murs de DIEPPE où j'habitais naguère,
J'aimais à m'abriter sous l'aile de mon père.
Ce père bienveillant, et si tendre pour moi,
De mon âme timide avait banni l'effroi.
Il me parlait souvent des maux de ma patrie.
Ensemble nous pleurions, ô Pologne chérie,
La perte de tes droits et de ta liberté;
Par le glaive ennemi ton sol ensanglanté;
Tes meilleurs citoyens, au milieu des batailles,
Célébrant tristement leurs propres funérailles,
Et ton peuple héroïque, et trahi par le sort,
Brisant un joug impie, et préférant la mort.
Je t'ai quitté, MON PÈRE, et la terre natale,
Qui subit des tyrans l'influence fatale
Ne nous reverra pas au sein de tes foyers
Que ne protègent plus nos dieux hospitaliers.
J'ai franchi l'Océan, et sur la mer immense,
Du Ciel pour mon pays j'implorais l'assistance;
Et l'espoir, renaissant dans mon cœur attristé,
M'offrait un avenir de paix, de liberté,
De gloire, de bonheur, pour ma belle patrie
Du despotisme russe à jamais affranchie.

3*

O mon père ! crois-moi, mes vœux s'accompliront ;
Le ciel les entendra ; nos malheurs finiront.

Bientôt tu renaîtras, antique Sarmatie !
Et vous, Lithuaniens, fils de la Wolynie,
D'une mère commune intrépides enfans ;
Vous tous que la Pologne a portés dans ses flancs,
Dont le sang généreux coula pour sa défense,
Pour cimenter ses droits et son indépendance ;
Vous, que son nom sacré fait palpiter d'amour,
Dans vos murs reconquis vous chanterez un jour
De vos concitoyens les exploits magnanimes,
Et vos femmes héros, et leurs vertus sublimes ;
Votre Kosciuszko ; toi, Poniatowski,
Les dignes successeurs du grand Sobiewski ;
Et la jeune Plater(1), et son mâle courage
Que les bardes futurs, dans leur divin langage,
Offriront pour modèle aux femmes à venir,
En immortalisant son noble souvenir.

Et toi, mon père, aussi, de ta fille chérie
Tu recevras, un jour, au nom de la patrie,
Les civiques lauriers qui, dus à ta valeur,
Présentés par mes mains, seront chers à ton cœur.

En attendant ce jour que mes désirs appellent,
Que mes pressentimens, mon instinct me révèlent,
Ce jour réparateur, à jamais glorieux,
Qui nous verra rentrer libres, victorieux,

---

(1) La Comtesse Emilie Plater, devenue célèbre par son dévouement patriotique et par son courage, et qui avait organisé et commandé un corps de volontaires Polonais dans la guerre de l'indépendance, a succombé sous les fatigues et sous les chagrins. Une Notice sur cette jeune héroïne morte, avant d'avoir accompli sa 21ème année, sera insérée dans le Bel ouvrage consacré par M. Straszewicz à ses illustres compatriotes, et publié, avec leurs portraits fort ressemblans, sous ce titre : les cent Polonais et Polonaises....

Sur la terre sacrée où dorment nos ancêtres,
Que souillent aujourd'hui des oppresseurs, des traîtres;
Sur un sol étranger, loin du toit paternel,
De nos parens chéris, du tombeau maternel,
Je dois à ta bonté, moi, jeune et frêle plante,
Moi, ton espoir, ton sang; fille reconnaissante,
Je dois à ton amour des vertus, des talens
Qui puissent embellir et charmer tes vieux ans.

Je vais les cultiver dans mon humble retraite ;
Et je veux qu'au printems la douce violette,
Exhalant ses parfums, t'attire près de moi.
Mon père, d'ici-là, je ne vis que pour toi ;
Et, si la violette est ma fidèle image,
Cette modeste fleur sera pour toi le gage
D'un meilleur avenir que tu dois espérer :
Après nos longs malheurs, nous pourrons respirer.

HOMMAGE

D'UN VOYAGEUR FRANÇAIS,

AMI DE L'HUMANITÉ,

AUX GRANDS HOMMES,

SAVANS, ÉCRIVAINS, LITTÉRATEURS, POËTES, ET ARTISTES,

QU'A PRODUITS L'ANGLETERRE.

O ! que j'aime la femme au bienveillant sourire
Qui m'adresse un regard, et qui semble me dire :
"Viens à moi, j'ai compris tes chagrins et tes pleurs ;
Viens à moi, mes discours calmeront tes douleurs !..."
O ! comme alors mon âme expansive, brûlante,
S'élançant d'un plein vol dans une autre âme aimante,
S'égarant de nouveau dans ses vagues désirs,
Ose à la vie encor demander des plaisirs !....
Trop vaine illusion ! ma vie est dépouillée :
De son souffle mortel le malheur l'a souillée.
On ne rappelle plus, au déclin de ses jours,
La brillante saison des jeux et des amours.
Et cependant, le cœur est jeune et tendre encore ;
Le cœur ne vieillit point. Dans les bras de l'aurore,
Tithon, de la vieillesse oubliant la langueur,
Sent de ses premiers feux se ranimer l'ardeur :
L'aimable Anacréon, sous les glaces de l'âge,
De myrthes et de fleurs, unis au verd feuillage,

Voit couronner son front par les rians essaims
De graces et d'amours, chantant ses gais refreins ;
Et le sage Socrate, au banquet d'Aspasie,
Dans ses regards de feu s'enivre d'ambroisie.

Onze lustres à peine ont blanchi mes cheveux.
Mais le destin cruel, par des revers affreux,
Imprima sur mon front, voilé par la tristesse,
Avec son bras de fer, ma précoce vieillesse.
Le précoce vieillard est jeune encor de cœur.
L'amour, la liberté, la gloire, le bonheur
L'enivrent tour-à-tour de leur brûlante flamme ;
Et d'immenses désirs font bouillonner son âme.

Il a voulu chercher, dans de nouveaux climats,
Sous un ciel étranger, chargé de noirs frimats,
Des coutumes, des mœurs et des scènes nouvelles,
Pour guérir de son cœur les blessures mortelles.
Il a vu l'Angleterre, et les brouillards épais
Enveloppant de deuil ses splendides palais.

A travers les vapeurs de l'humide atmosphère,
Brille d'un vif éclat cette noble ANGLETERRE,
Sol classique des lois et de la liberté,
Flambeau des nations et de l'humanité :
Où BACON(1) exerça l'empire du génie ;
Où l'immortel SHAKSPEAR vint charmer sa patrie,
En traçant des Bretons les antiques exploits,
Les luttes des partis et les crimes des rois,
Dans ses tableaux vivans, animés, dramatiques
Des révolutions et des tems politiques ;
Où MILTON, dans ses chants par le ciel inspirés,
Dans ses pieux récits, dans ses hymnes sacrés,

(1) Le Chancelier d'Angleterre FRANÇOIS BACON, auteur du *novum*
organum, et qui a préparé, d'une main hardie, l'œuvre si difficile de
la restauration et de la rénovation des sciences.

De nos premiers parens nous racontant l'histoire,
Dans leur grande infortune a su trouver sa gloire ;
  Où, de l'art de penser interprétant les lois,
Locke à l'esprit humain fit comprendre ses droits ;
  Où, d'une épaisse nuit écartant la barrière,
Jusqu'aux palais dorés, berceau de la lumière,
Le sublime Newton, génie audacieux,
De son regard perçant interrogeait les cieux,
Et, d'un rayon brisé décomposant l'essence,
De sept degrés distincts y marquait la nuance ;
Puis, du globe étonné nouveau législateur,
Dans leur chute, des corps jugeait la pesanteur,
Et pénétrant de Dieu les retraites profondes,
Déterminait les lois de la marche des mondes ;
  Où, promenant, la nuit, ses plaintives douleurs
Au tombeau de sa fille inondé de ses pleurs,
Du malheureux Young la muse désolée
Dans ce monde ne vit qu'un vaste mausolée ;
  Où Dryden, inspiré par le chantre divin,
Les délices, l'orgueil de l'univers romain,
D'une main, aiguisant sa piquante satyre,
Et de l'autre, empruntant à Virgile sa lyre,
De ses caustiques traits effleurait, tour-à-tour,
Les méchans et les sots, et la ville et la cour ;
Puis, du pieux Enée et d'Ilion en cendre
Redisait les revers qu'avait prédits Cassandre,
Cette Cassandre, hélas ! emblème infortuné
Du mortel généreux, au malheur destiné,
Qui, d'un long avenir pénétrant le mystère,
Des maux qu'il a prévus veut garantir la terre ;
Qui, pour prix de ses soins, par les hommes maudit,
Abreuvé de dégoûts, persécuté, proscrit,
Victime des méchans, sous leur haine succombe,
Et sera poursuivi jusqu'au sein de la tombe ;

Où Pope, méditant sur l'homme et ses travers,
Aux bosquets de Twicknham confiait ses beaux vers,
Et de l'antique Homère évoquant le génie,
Rival du barde heureux de la molle Ionie,
Des Grecs et des Troyens redisait les combats,
Leur courage héroïque ; et l'intrépide Ajax,
Et le prudent Ulysse, et le fougueux Achille ;
Et Pâris, et Thersite à l'âme basse et vile ;
Le fier Agamemnon, et le sage Nestor ;
Et la beauté d'Hélène, et la valeur d'Hector,
Dont le corps tout sanglant, sous les remparts de Troie,
Des voraces vautours doit devenir la proie ;
Dont la funeste mort et le cruel destin,
Terribles précurseurs d'un avenir lointain,
D'avance révélaient les malheurs, les supplices,
Que partout les méchans, et les sots, leurs complices,
Réserveraient, un jour, au génie, aux vertus,
Lâchement opprimés, mais jamais abattus,
Et qui, (tels qu'un lion secouant sa crinière,
Et portant dans ses flancs la flèche meurtrière,
Se redresse, rugit, fait pâlir les chasseurs),
Bravent en succombant les tyrans oppresseurs,
Et d'immortels mépris flétrissant leur mémoire,
D'une tragique mort sont vengés par la gloire ;
Où du sage Addison l'esprit observateur,
Par vingt sujets divers attachant son lecteur,
Reproduisait *Caton* sous les remparts d'Utique
Adressant aux Romains, par sa mort héroïque,
Ces adieux solennels, adieux tristes, sanglans,
Qui laissaient Rome veuve en proie à ses tyrans ;
Puis, dans le *Spectateur*, abeille ingénieuse,
Déposait de son miel la liqueur précieuse ;
Où Johnson, après lui, des poëtes anglais
Étudiant la vie et traçant les portraits,

Révélant avec art les secrets du génie.
De Poëtes futurs vint doter sa patrie ;
   Où trois grands écrivains, trois illustres rivaux,
Des siècles écoulés, par leurs savans travaux,
Fouillent les profondeurs, exploitent les annales :
   L'un, des Romains déchus, par des routes fatales
Entraînés dans un gouffre, expose les revers,
Fait voir le monde en deuil, quand Rome est dans les fers;
   L'autre, de *Charles Quint* traçant la grande image,
Montre l'Europe entière, esclave au moyen âge,
Qui, par de lents progrès, luttant contre ses rois,
S'éclaire, s'enrichit, et recouvre ses droits ;
   HUME, enfin, aux Bretons offrant leur propre histoire,
De leurs nobles aïeux ranimant la mémoire,
Et remontant des tems le cours torrentueux,
Traversant des partis le choc tumultueux,
Peint leurs noires fureurs, et les guerres civiles
Ensanglantant les mers, et les champs, et les villes,
Et du sein des combats l'auguste liberté
Au foyer britannique assise avec fierté ;
Et des réformateurs la race courageuse,
Ardente à consommer son œuvre généreuse ;
   Où GOLDSMITH, à la fois poëte, historien,
Moraliste, savant, philosophe chrétien,
Par de sages leçons éclairant la jeunesse ;
Puis, des infortunés soulageant la détresse,
Pratiquant les vertus qu'enseignent ses écrits,
Dans la publique estime en trouvait le seul prix;
   Où SWIFT, nous présentant d'agréables chimères,
Contait de *Gulliver* les faits imaginaires,
Et, caustique mordant, unissait la gaieté,
La grâce, l'enjouement à la malignité ;
   Où l'élégant THOMPSON, ami de la nature,
Nous offrait des *Saisons* la fidèle peinture ;

Où STERNE, tour-à-tour et sensible et moqueur,
Toujours original, sachant parler au cœur
Et captiver l'esprit dans ses piquantes pages,
Nous fait aimer l'auteur que peignent ses ouvrages ;
    Où le savant HARVEY, d'un regard curieux,
Epiant dans nos corps le cours mystérieux
Des longs ruisseaux du sang qui circule en nos veines,
Nous dévoilait le jeu des machines humaines ;
    Où STEWART, ADAM SMITH, par d'utiles efforts,
De nos sociétés expliquant les ressorts,
Firent apprécier l'humaine intelligence
Divisant le travail et doublant sa puissance ;
    Où, philosophe obscur, publiciste profond,
Penseur ingénieux, esprit vaste et fécond,
Des peuples consultant la vieille expérience,
BENTHAM nous a légué sa nouvelle science
Qui tend à réformer et les lois et les mœurs,
Qui veut nous rendre heureux en nous rendant meilleurs,
Et qui, de notre cœur trouvant le vrai mobile,
Pour le conduire au bien, sait lui montrer *l'utile* ;
    Où, par l'art de DAVY, bienfaiteur des humains,
Le mineur, habitant des sombres souterrains,
Parcourt en sûreté leurs voutes ténébreuses,
Et ne redoute plus les clartés dangereuses
Du perfide flambeau qui, dirigeant ses pas,
Autour de lui faisait éclater le trépas ;
    Où SCOTT, peintre et poëte, en ses drames épiques,
Fait revivre à nos yeux les races historiques
Des princes, des héros, des belles, des guerriers,
Et des fiers paladins, nobles aventuriers,
Dont les brillans exploits, par de rares merveilles,
Souvent des nuits d'hiver charment les longues veilles ;
    Où, tel enfin qu'un cygne au chant mélodieux
S'abaisse sur la terre en descendant des cieux,

Byron fait retentir dans notre âme ravie
Des célestes concerts la puissante harmonie :
La tristesse est sa muse, et dans son jeune cœur
Le dégoût de la vie a détruit le bonheur ;
De toute illusion son âme est dépouillée ;
Et la terre, à ses yeux par le vice souillée,
D'un sentiment amer le remplit tout entier :
Sentiment douloureux, que son génie altier
Combat, nourrit, repousse, et voit toujours renaître ;
De ses impressions il est devenu maître.
    Byron suit cet instinct … il a trop bien compris
L'humaine vanité, qui donne un si haut prix
A nos riens brillans, à nos grandeurs fragiles,
A nos succès d'un jour, à nos plaisirs futiles ;
Qui se plaît dans le vide, et par un froid dédain,
Un égoïsme dur, glacial, inhumain,
Etouffe la vertu ; le sublime poëte
Des profondes douleurs s'est rendu l'interprète ;
Il a dit au génie opprimé, malheureux :
" Je serai ton vengeur ; ces mortels orgueilleux,
Dont l'insolent mépris t'écrase, t'humilie,
D'un vase empoisonné boiront jusqu'à la lie."
Il a saisi sa lyre …. En sarcasmes amers
De ses contemporains il flétrit les travers ;
D'un rire satanique il contemple les hommes,
Et ses traits incisifs, sur le siècle où nous sommes
Ont gravé leur empreinte en un vivant miroir :
L'homme s'y reconnaît, et répugne à s'y voir ;
Et pourtant, dominé par un pouvoir magique,
Attache son regard au portrait satyrique ;
Admire malgré lui cette sauvage humeur
Aux humains dégradés révélant leur laideur ;
Offre de son encens l'involontaire hommage
Au censeur implacable et prodiguant l'outrage ;

Il l'honore, le blâme, et voudrait le haïr ;
Il s'irrite, en voyant qu'il aime à nous flétrir ;
De l'Ange ou du Démon veut pénétrer l'essence,
Et subit à regret sa secrète influence.

L'ANGLETERRE eut aussi, malgré ses froids brouillards,
Des peintres, des sculpteurs, et brilla par les arts
Non moins que la Hollande et la belle Italie.
Elle put rassembler dans mainte galerie
Les bustes, les tableaux et les vivans portraits
Où la main de ses fils avait gravé les traits
Des hommes de génie et des beautés modèles
Dont le peuple admirait les images fidèles ;
Et SAINT PAUL, WESTMINSTER, ces nobles monumens
Où la patrie en deuil honore les talens
Des marins, des guerriers, et des auteurs célèbres
Dont elle inscrit les noms sur leurs marbres funèbres ;
Ces magnifiques ponts sur le fleuve jetés ;
Ces squares arrondis, ornemens des cités,
Qui des grands citoyens présentent les statues
Aux yeux d'un peuple entier dans les airs suspendues,
Comme pour susciter de généreux rivaux
Qui voudront imiter, surpasser leurs travaux ;
Ces immenses jardins, ces pompeux édifices,
Les temples, les palais et les pieux hospices ;
Le hardi souterrain, l'admirable *Tunnel*,
Prolongé sous les eaux par la main de BRUNEL,
Où l'homme, en sûreté, sent gronder sur sa tête
Et les flots furieux et l'horrible tempête,
Long-tems attesteront à la postérité
Que l'art fleurit toujours où vit la liberté.
Trois artistes fameux, dont leur pays s'honore,
Que la mort a frappés, que Londres pleure encore,
Ont embelli ses murs de chefs-d'œuvre divers
Que je voudrais pouvoir retracer dans mes vers.

De REYNOLDS, de FLAXMAN, du gracieux LAWRENCE
Qui pourrait égaler la suave élégance ?
Leur talent chaste et pur, à nos regards surpris
Reproduit Titien, Praxitèle, Xeuxis,
Et les antiques Grecs, et la moderne Rome ;
Et plus d'un successeur, que déjà l'on renomme,
S'avance, impatient de marcher sur leurs pas,
D'échapper par la gloire à la nuit du trépas,
Et d'inonder encor d'une vive lumière
Des Beaux-Arts rajeunis la brillante carrière.
  Tous ces noms imposans, et leur grand souvenir,
De mille autres talens fécondant l'avenir,
Nous donnent cet espoir, que le sol Britannique
Verra croître et fleurir l'arbre encyclopédique
Dont les fruits abondans et les rameaux nombreux
Centupleront encor, pour nos derniers neveux,
De leur climat natal les immenses richesses,
Et du génie humain verseront les largesses
Et les dons fraternels, sur les peuples divers
Réunis par la paix dans ce vaste univers.
  Tels seront tes destins, magnanime ANGLETERRE,
Appelée à servir de modèle à la terre ;
Et la FRANCE, ta sœur, fière de tes succès,
Comme toi, de ses fils prodiguant les bienfaits,
L'une et l'autre à la fois enrichirez le monde :
De vos communs travaux l'influence féconde
De la famille humaine accomplira les vœux,
Et de votre union cimentera les nœuds.

CONDITIONS ET OBLIGATIONS,

DROITS ET AVANTAGES,

ATTACHÉS AUX TROIS QUALITÉS d'*Actionnaires Fondateurs*, DE *Souscripteurs Fondateurs*, ET d'*Associés Correspondans* DE LA

REVUE COSMOPOLITE, ET COMPARATIVE

DES NATIONS.

Le Prospectus ci-dessus (voyez page 7) de la REVUE COSMOPOLITE expose le PLAN, les DIVISIONS et le BUT de ce nouveau Recueil, destiné à traiter des intérêts positifs, agricoles, industriels, commerciaux, économiques, moraux et sociaux, scientifiques et littéraires, des nations, à les faire mieux connaître les unes aux autres, à les éclairer mutuellement sur leurs intérêts communs, et à resserrer les liens de l'union qui doit exister entre elles.

Un grand nombre d'hommes instruits, et amis du bien public, Français, Anglais, Belges, Hollandais, Allemands, Italiens, Grecs, Polonais, Russes, Danois, Suédois, Espagnols, Portugais, Américains du Nord et du Sud, et autres écrivains de différens pays, et habitans des colonies se sont réunis à M. JULLIEN, DE PARIS, pour coopérer, avec lui, à la fondation et à la rédaction de ce nouvel ouvrage périodique, qui sera publié, sous les auspices et le patronage de plusieurs personnages éminens, de toutes les nuances d'opinions politiques et littéraires, en Angleterre et en France.

Un CONSEIL DE PERFECTIONNEMENT, auquel on présentera, TOUS LES ANS, un *Rapport sur la marche et les progrès de l'institution*, contribuera à la surveiller, à lui imprimer une direction, de plus en plus appropriée à son plan et à son but, et à l'améliorer par tous les moyens qui paraîtront convenables.

Les honorables amis de l'humanité, de l'union des peuples et de la civilisation, qui, en appréciant l'utilité et l'importance de l'entreprise dont il s'agit, voudront la seconder efficacement, sont priés de s'inscrire sur le RÉGISTRE de la REVUE COSMOPOLITE et COMPARATIVE des NATIONS, chez Messrs. BOSSANGE, BARTHÈS et LOWELL, 14, Great Marlborough Street,

Soit comme ACTIONNAIRES FONDATEURS ;

Soit comme SOUSCRIPTEURS FONDATEURS ;

Soit comme ASSOCIÉS CORRESPONDANS.

1°. Les ACTIONNAIRES FONDATEURS doivent payer, en une ou deux fois, à leur volonté, dans le délai de *deux mois*, la somme de QUARANTE LIVRES STERLING, (*mille francs*) qui produira un intérêt de *cinq pour cent*, payable tous les ans, DU 15 AU 31 MARS, soit à Paris, soit à Londres, et qui donnera le droit de recevoir, chaque mois, la *Revue Cosmopolite*, et de toucher un dividende *d'un deux centième* sur les bénéfices, lorsqu'elle aura dépassé *deux mille cinq cents abonnés* payant pour l'année entière. L'expérience d'entreprises analogues, d'une moins grande importance, autorise à croire que le produit des actions sera au moins de SEPT POUR CENT, après *deux années ;* de NEUF POUR CENT, après *trois* ou *quatre années ;* de DIX ou DOUZE POUR CENT, après *neuf années.*

Le reçu provisoire, qui sera donné, au moment du paiement des £40 (1000 fr.), montant d'une action, sera échangé, d'ici au premier Avril prochain, au plus tard, contre une action, énonçant les conditions et les droits mentionnés ci-dessus.

2°. Les SOUSCRIPTEURS FONDATEURS doivent payer immédiatement DEUX LIVRES STERLING (*cinquante francs*), et devront payer la même somme, chaque année, pendant cinq années au moins : ils recevront, chaque mois, la *Revue Cosmopolite*; et, dès qu'elle aura dépassé *trois mille abonnés* payant pour l'année entière, ils ne seront plus tenus d'en payer le prix d'abonnement qu'à raison de £1 (25 fr.) par année.

Les ASSOCIÉS-CORRESPONDANS s'engagent à fournir, pour leur part de travail, une quantité d'environ *dix pages d'impression* au moins, *par année*, en articles contenant des FAITS, et des *détails exacts et intéressans*, sur l'un des sujets indiqués dans les divisions du Recueil (voyez le prospectus ci-dessus); et, moyennant que cette condition aura été remplie par eux, et que leurs articles, *rédigés à leur choix en Anglais* ou *en Français*, auront été admis par le Conseil de rédaction et insérés, les cahiers mensuels de la *Revue Cosmopolite* leur seront envoyés, pendant toute l'année. Ils auront, en outre, le droit de recevoir le prix de leur collaboration, sur le pied de £4 (100 *fr.*), *par feuille d'impression de 16 pages*, aussitôt que le Recueil aura atteint le nombre de *mille abonnés* payant pour l'année entière. Ce prix des articles, communiqués par les associés-correspondans, qui deviendront membres actifs d'une grande et utile institution, sera augmenté plus tard, dans une progression proportionnelle à l'accroissement du nombre des abonnés payant pour l'année entière.

On peut, si on le désire, s'inscrire à la fois comme

4

actionnaire-fondateur, ou *souscripteur fondateur*, et comme *associé-correspondant*.

La Revue Cosmopolite sera publiée à Paris, à compter du mois de janvier 1834, par *cahiers mensuels de* 10 à 12 *feuilles d'impression*, chacun, par les soins et sous la direction de M. M. A. Jullien, de Paris, fondateur et éditeur, demeurant à Paris, *Rue du Rocher*, No. 23, *près la rue St. Lazare, Chaussée d'Antin*, où l'on peut lui adresser, franc de port, toutes les communications que l'on voudra destiner à ce Recueil.

La *Revue Cosmopolite* sera distribuée à Londres et répandue dans le royaume uni de la Grande Bretagne, par les soins de MM. Bossange, Barthés et Lowell, No. 14 *Great Marlborough Street, Oxford Street*, chez lesquels on peut s'abonner, et déposer les paquets adressés à M. Jullien de Paris.

Prix de l'abonnement annuel, £2 (50 fr.)

TABLE DES MATIÈRES.

LONDRES

G. SCHULZE, 13, POLAND STREET.